# 大人の恋の詩(うた)
### 〜Love Songs〜

藤倉哲夫
Tetsuo Fujikura

文芸社

## はじめに

　昔から音楽が好きでした。学生だった、70年代、80年代は勉強そっちのけで、音楽ばかり聴いていました。ハードロック、パンクロック、ニューウェーブ、フュージョン、AOR、レゲエ、ジャズなど、何でもかじりついて、ミュージシャンになりたい、なんて夢もおぼろげに持ちながら、バンドもやっていました。
　社会人になっても、ロック好きが集まって自然にバンドができて、プロを目指そうとは思いませんでしたが、ただ趣味ででもやっていけたら、そんな感じでオリジナル曲も何曲か作りました。もう20年も前の話になります。
　結婚を境になんとなくバンド活動から遠ざかって、子供が生まれるとギターはケースの中にすっかりしまい込まれたままで、思い出だけが残っています。

　9年前に脱サラをしてワインバーを始めました。店が軌道に乗って落ち着いてくると、ふと昔の記憶が蘇ってきたのです。店のBGMも、80年代、90年代の洋楽にしています。お客さんとも音楽の話で盛り上がってくると、もう一度バンドをやってみたい、そんな悪あがきが顔をのぞかせて、少し気持ちがハイになります。50歳を過ぎたいいオッサンがまだあきらめきれずにいることに、自分でもおかしくなってきます。青春時代に追いか

けて夢中になったことは、そう簡単に消えないものなんだ。なんて恐ろしいことなんだと（笑）。

　何かまたやってみたい、そんな気持ちが詩に向かいました。下手でもいいから何かを生み出したい、そんな気持ちです。詩と音楽はイコールであると言い聞かせながら。
　たいした内容のものではないですが、読んでいただければうれしいです。
　感じたことは人を動かします。明日に向かえるのは、何かを感じたからだと、そう思うのですが。

# CONTENTS

はじめに　3

## 第1章　恋に落ちて

カレンダーに丸をつけてる　8
錬金術師だわ　10
恋に酔ってる真っ最中　12
ムーンライト　14
電話しても大丈夫？　15
あなたが来るのを待ってみる　17
君と海が見たかった　19

## 第2章　恋すると不思議

私の心が解けている　21
あなたはまるで魔法使い　23
こわれものなんだから　25
新車を買ったのね　27
迷ってる　29
トーストとコーヒーが香る朝　31

## 第3章　別れの予感

痛みを受けているところ　33

グレーゾーンはそのままに　35
　All right　37
　このゲートをくぐったら　39
　あなたからの出発よ　41
　9月の冷たい雨　43

## 第4章　忘れられない

　夏の匂い　45
　再出発　47
　戻れるわ、きっと　50
　海に落としたペンダント　52

## 第5章　誘い誘われ

　あの人のものだから　56
　愛もへったくれもないんじゃない　58
　君を家に帰さない　60

## 第6章　永遠の愛

　砂の上に書くことを　62
　プロポーズ　64
　愛と希望が合言葉　66
　ハネムーン　68
　長い長い道のりを　70
　エピローグ　72

# 大人の恋の詩(うた)
~Love Songs~

## 第1章　恋に落ちて

### ■
### カレンダーに丸をつけてる

カレンダーに丸をつけてる
待ち遠しくてたまらない
その日を数えて待っている

あこがれよ、あなたは
私の唯一の希望なの
今はまだ遠くにいるけど
もうすぐ会いに来てくれる
ついに願いが叶うのね

どれだけ待ったか分からない
切なさばかりが続いてた

## 第1章　恋に落ちて

気の遠くなるような日々が
ずっと私を苦しめた
辛い気持ちの堆積が
地層のようになったけど
それもなくなる日が来るの

もうすぐあなたに会えるから
その胸に飛び込むわ
私を強く抱きしめて
そして遠くに行かないで

どれだけ待ったか分からない
あなたに会える日が来るの

カレンダーに丸をつけてる
待ち遠しくてたまらない
その日を数えて待っている
やっとあなたに会える日を
指折り数えて待っている

## 錬金術師だわ

二人が出会ったことだって
偶然じゃなかったのね
あなたに会うまでは
私の心は閉ざされて
うずくまっていたけど
諦めてたものが今
蘇って鮮やかなの
不思議よね

生きてるどん底だったのに
跡形もなく消えちゃった
あなたは一体何者かしら
どんなマジック使ったの
まるで錬金術師だわ
夢中よ、とりこなの

第1章　恋に落ちて

あなたに出会ってよかった
私の心は閉ざされて
ばらばらになってたけど
諦めてたパズルのピース
あなたに見つけてもらったわ
不思議よね

生きてるどん底だったのに
跡形もなく消えちゃった
あなたは一体何者かしら
どんなマジック使ったの
まるで錬金術師だわ
夢中よ、とりこなの

あなたは錬金術師だわ

## 恋に酔ってる真っ最中

出会ってもう半年よ
そろそろ慣れるはずなのに
まだドキドキするの
あなたに会う前は

待ち合わせの時だって
鏡で髪を確かめて
ちょっと大げさ過ぎるけど
今さら可愛い子ぶったって
通用する年でもないのに

でも素顔はまだ
見せたくない
もう少し後にする
今は恋の真っ最中

ドキドキする気分なの
いつか全部見られるわ
恋の期間は続かない
やがて愛に変わるでしょう
さらけ出してしまうから

## 第1章　恋に落ちて

だけど今は真っ最中
私は恋に落ちている
自信なんてないんだけど
素顔はまだ見せたくない
もう少し後にする

出会ってもう半年よ
そろそろ慣れるはずなのに
まだドキドキするの

恋に酔ってる真っ最中
素顔はまだ見せたくない
それでも愛し始めてる
愛に変わり始めてる

## ムーンライト

素敵な夜、二人のビーチ
幸せがこぼれてる
あなたのくれる優しさが
今の私を作ってる

お姫さまにだってなれるわ
時間はまだたっぷりだし
砂の上を歩きましょう
素足のままでいたいから

二人だけの甘い時
包まれて流れてる
遠くに浮かぶ港には
大きなクルーザーが横たわって
我がもの顔って感じよね
まるで地中海の女王様

ムーンライト　素敵な夜
二人だけの甘い時
ムーンライト　素敵ね
私たちを照らしてる

第1章　恋に落ちて

## 電話しても大丈夫？

寂しいのはあなたのせい
うそよ、冗談
甘えているのは分かってる
でも今日は特別
辛い気持ちが離れない

電話しても大丈夫？
あなた今頃バーだよね
まだ帰ってないでしょう

声を聞いたら治まるの
愛してるって言ってくれなくても

明日は普通になれると思う
でも今日だけはどうしても
一人でいるのが辛いから

あなたの声で眠れるの
愛してるって言われなくても

電話しても大丈夫？
あなたの声を、今聞きたい
声を聞いて眠りたい

電話しても大丈夫？
愛してるって言って欲しい
安心して眠れるから

第1章　恋に落ちて

■
## あなたが来るのを待ってみる

雪まじり雨が凍てついて
みんな悲しみをはりつけて
さっさと帰りを急いでる

僕はいつものバーだけど
あなたが来るのを待ってみる
グラスをカラカラ鳴らしてね

時間はネットでつぶせるし
しばらくあなたを待ってみる
来てくれなくてもいいんだよ
来れば話を弾ませて
僕は満足するだろう

悲しみや怒りをぶつけては
切ない気持ちを訴えて
きっとまた困らせる
でもあなたは笑顔のままで
だまって話を聞いてくれる
歯切れの悪さも嫌がらず
心を開いてくれるから

僕の罪を責めないで
優しく甘くうなずいて
包み込んでくれるから

今日は来なくても構わない
明日もあなたを待ってみる
グラスをカラカラ鳴らしてね

時間はネットでつぶせるし
そのうちあなたが来るからさ
微笑みうかべて現れて
いつもの席に座ってる
値打ちのない話にも
優しく甘くうなずいて
僕を包んでくれるから

雪まじり雨が凍てついて
みんな悲しみをはりつけて
さっさと帰りを急いでる

僕はいつものバーだけど
あなたが来るのを待ってみる
しばらくあなたを待っている

## 君と海が見たかった

どこにいても暑すぎた
でも誰かといたかった
夏の思い出見たくなり
夜中に君を連れ出した

都会はヒートアイランド
街の光も息苦しい
星も見えなくするからさ
とにかく港に行きたくて
車を西へ走らせた

ビルの林はうんざりで
潮の匂いが欲しかった
甘い言葉は見つからない
しゃれた話をする気もない

でも誰かといたかった
海をぽおっと眺めてね

君を好きかもしれないね
君がどうかは分からない
だけど別にいいんだよ
君と二人でいたいから

どこにいても暑すぎた
でも誰かといたかった
夏の思い出見たくなり
夜中に君を連れ出した
二人で海が見たかった

## 第2章　恋すると不思議

### 私の心が解けている

何が心配なんだって
あなたは私に聞いてくる
遠い過去の古傷は
あまり見せたくないものよ
そんな大したことじゃない
臆病になってるだけだから

信じたいのよ、あなたを
だけどまだ踏み切れない
何もかも諦めて
その胸に飛び込みたい
それが自分の本心だって
分かってるつもりだけど
もう少し待っていて

私の心が解けてるの
今はまだ待って欲しい
心が解けてる最中なの
あなたの愛のせいだから

あなたの愛が勝ってるの
もう少し待っていて

あなたに向かって流れてる
その愛のせいだから
私の心が解けている

## あなたはまるで魔法使い

あなたはまるで魔法使い
私の心が読めるから
出会ったことも魔法なの

二人の未来が分かるんだ
私のうそも分かってる
その技にかかったら
もう裸同然ね
隠すことはできないし
素直な気持ちを言ってみる

少し離れてみたいんだ
今の私はあなただけ
頼ってばかりいるでしょう
このままだとダメだって
最近ずっと思ってる

背中をそっと押して欲しい
未来へ私を押し出して
あなたにしかできないわ

私をここから巣立たせて
一人で自分を試してみたい

ごめんなさい我がままで
だけど後悔したくない
今しかないチャンスなの
多分また帰ると思う
あなたの元に戻るって
そんな気がしているの

あなたのことが好きだから
いつまでたってもとけないわ
その魔法は永遠ね

あなたはまるで魔法使い
私の心が読めるから
あなたはまるで魔法使い
その魔法が大好きよ

## こわれものなんだから

私はあなたに渡ってる?
ちゃんと見てくれている?
傷つきやすい愛だから
取り扱いに注意して

優しく触れてくれないと
こわれものなんだから
強がって見せるけど
打たれ弱いのは
本当よ

優しくしてくれないと
どこかに飛んでいくから

あなただけが全てじゃない
ちょっとあなたを脅してみるけど
私の武器は、それだけなの
あなたみたいに強くない

遠くばかり見られない
打たれ弱いの
こわれものなんだから

私はあなたに渡ってる？
ちゃんと見てくれている？
傷つきやすい愛だから
取り扱いに注意して

こわれものなんだから
こわれやすい愛だから

## 新車を買ったのね

新車を買ったのね
最初に助手席乗ったのは
あの娘だったんだ
ショックだった、悲しくて
自分が一番だと思ってた
つまらないことだけど
大切なことだった

眼中にないよね
私のこと
本命じゃないよね
だから諦める
私は都合のいい女
そうだったんでしょう

それが分かった今は
何も求めない
忘れられないけど
忘れてみせる
楽しかったあの日々を

もういいの
あなたのこと諦める
追いかけても未来はない
恋はまた見つかるもの
そう信じてる
辛いけどもういいの

終わったらまた始まるわ
そう信じたい

新車を買ったのね
最初に助手席乗ったのは
あの娘だったんだ

## 迷ってる

迷ってる
私と彼女、比べてる
決められないのね
意気地なし
私はそんなに安っぽい
ちゃちな女だと思ってる？

好きだって言ってくれる人は
いくらでもいるんだよ
決断できないあなたなら
終わりよ、別れましょう

あなたが私を選ぶなら
ついていくつもりだけど
決められないあなたなら
終わりよ、別れましょう

二兎は絶対追えないの
ずっと言ってることでしょう
決断できないあなたなら
これ以上待てないわ

迷ってる
やっぱりあなたは
少しだけ待ってみても
期待通りにならなくたって
私、後悔しないから

答えはもう決まってる
私は私の道を行く

迷ってる
私と彼女、比べてる
決められないのね
意気地なし
決断できないあなたなら
終わりよ、別れましょう

決められないあなたなら
選べないあなたなら

## トーストとコーヒーが香る朝

周りがゴールしていった
私一人が残されて
心の悲鳴が止まらない

焦っても仕方ないけれど
今は人が羨ましい
比べてもしょうがないって
それは分かっているつもり

私は私って言い聞かす
だけど自分を見失う
不安な気持ちを抑えられない
好きな人はいるんだけど
彼とはずっと平行線
もうとっくに諦めた

トーストとコーヒーが香る朝
何気ない一日の始まりを
愛する人と迎えたい

特別求めてないつもり
選ぶつもりもないんだけど
タイミングが合わなくて
ただ毎日働いて
一人の部屋に帰るだけ

時の流れを気にすると
少しも平気でいられない

トーストとコーヒーが香ってる
部屋中朝に包まれて
愛する人と迎えたい

私一人が残されて
孤独がそばを離れない
一人の朝は寂しくて
誰かにいっしょにいて欲しい

トーストとコーヒーが香る朝
何気ない一日の始まりを
愛する人と迎えたい
二人で朝を迎えたい

# 第3章　別れの予感

## ■
## 痛みを受けているところ

痛みを受けているところ
私から離れようとするあなた
今すごく感じてる

私はいつも意地っ張り
そして甘えてばかりいる
離れる勇気もないくせに
素直じゃないのが嫌になる

こんな私を許して欲しい
こんな私を愛してくれる
あなたがとても大事なの

雨の夜は辛くなる
心の震えが止まらない
ずっとそばにいて欲しい
優しく髪をなでながら
大丈夫だよと言って欲しい

あなたしか愛せない
強がってもあなただけ

こんな私を許して欲しい
こんな私を愛してくれる
あなたがとても大事なの

痛みを受けているところ
素直な気持ちになれる時
あなたの大切さが身にしみる
あなたなしではいられない

痛みを受けているところ
あなたが一番大事なの

第３章　別れの予感

## グレーゾーンはそのままに

口に出したりしないけど
男と女の関係を
演じてきた私たち
エンディングが近いこと
うすうす感じているようね

今夜も二人の幕が開き
いいタイミングが続いてる

いつかは答えが出るんだから
グレーゾーンはそのままに
今日もそっとしておきたい

せっかく素敵な夜だから
楽しいことだけ考えて
グレーゾーンはそのままに

いつかは砂を噛むんでしょう
それが私に耐えれるか
今は自信が持てないけど
先のことは分からない
だからそっとしておくの

あなたの好きなバーにいると
二人の思い出があふれてる
モルトに浮かんだ氷を回して
どこか寂しく見えてくる
だけどそっとしておくわ

今夜も二人の幕が開く
エンディングが来ないよう
祈り続けて、そっとする
エンディングが延びるよう
祈りを込めてそっとする

グレーゾーンはそのままに
グレーゾーンはそのままに

## All right

暗い話はもうよそう
別れ話は飽きただろう
あんたをいつも困らせて
我がままばかり言ってるよ

そんなこんなの毎日で
泣かせてばかりいるけれど
この気持ちは変わらない

だましだまされ、やってきた
なんか昔のことだけど
オレの気持ちは変わらない

そんなこんなの男だよ
All right　分かった
別れたいんだろう
あんたの好きにすればいい
オレの気持ちは変わらない

All right
あんたに謝るよ
暗い話はもうよそう
オレの気持ちは変わらない

第3章　別れの予感

## このゲートをくぐったら

このゲートをくぐったら
二度とあなたに会えない
そんな不安が襲ってくる
私はOsaka、あなたはLos
あまりに離れ過ぎている
どれだけ愛し合っていても
二人の距離は埋まらない
いつかまた会える日を
そう信じて離陸する

Destination Osaka
深く愛してる
搭乗はもうすぐなのに
インフォメーションが見えてない
涙でサインがにじんでる
夜間飛行は窓ぎわなの
あなたの住む街、見下ろしたら
また涙が止まらない
ずっとここにいたい

二人でいっしょに暮らしたい
だけどそれはできないの
私には帰るべき所がある
あなたを置いて行かないと

Destination Osaka
深く愛してる
このゲートをくぐれない
このゲートをくぐったら
二度とあなたに会えないわ
どれだけ愛し合っていても
二度とあなたに会えないの
ゲートはもう目の前
だけど、行かないと
私には帰るべき所がある

Destination Osaka
思い出に帰っていく
Destination Osaka
思い出を置いていく
Destination Osaka
搭乗の時間なの
このゲートをくぐったら
くぐってしまったら

第3章　別れの予感

## ■
## あなたからの出発よ


いつも話をはぐらかす
バルで酔ってばかりいる
もう待ってられないの

私を好きだって言う人は
他にもまだいるんだよ
言ってないだけだから

やりたいようにやってきた
あなたに我慢してきたけど
これ以上は限界よ
いつまでたっても交わらない
私たちの人生は

遅いけど気がついた
あなたから離れるわ
決心がついたから

出発の時が来た
今でもずっと好きだけど
何かが背中を押してるの

決心がついたから
二人が歩んできた道には
もう戻れない
あなたにはあなたの道がある

私はもう限界よ
これ以上待てないの
今でもずっと好きだけど
あなたから離れるわ

出発の時が来た
あなたからの出発よ

第3章　別れの予感

## 9月の冷たい雨

９月の冷たい雨の中
傘のしずくも気にせずに
しばらく冷めない缶コーヒーを
にぎりしめて泣いていた

終わりにしようとお前は言う
うつむきながらつぶやいてた
あなたを今でも好きだけど
もう終わりにしたいから

わけを何度も聞いたけど
分からないと繰り返し
ただずっと泣いていた

愛は互いを傷つけて
疲れ果ててしまったのか
やり直そうと言えたのに

オレは勇気が持てなくて
お前はもう決断し
二人に終わりがきたことに
心の中でうなずいた

最後に分かり合えたのは
終わりがきたことだけだった
もういっしょに進めない

愛は互いを傷つけて
許すこともできないで
諦めだけを受け入れて
そして前には進めずに
消えかけてる灯に
そっと息を吹きかけて
静かに幕を閉じさせた

最後に分かり合えたのは
終わりがきたことだけだった

９月の冷たい雨の中
傘のしずくも気にせずに
しばらく冷めない缶コーヒーを
にぎりしめて泣いていた
終わりにしようと泣いていた

# 第4章 忘れられない

## ■
### 夏の匂い

乾いたアスファルトに
雨が広がれば
夏の匂いが甦る
そして私は無意識に
あなたの思い出探してる

あれからまだ一年
別れた傷は治らない
別の人も探せない
そんな気になれないの
美しすぎた夏だから
長すぎた夏だから

時間が癒すと信じても
二人で燃えた夏のせい
愛をぶつけた夏のせい

忘れることがまだできない
そんなたやすいものじゃない

二人の夏の思い出は
心に深く刺さってる
それがいつか抜けるまで
この傷は治らない
私、前に進めない

乾いたアスファルトに
雨が広がれば
夏の匂いが甦る

いつの間にか目がにじみ
あなたの思い出探してる
あなたの匂いを探してる

乾いたアスファルトに
あの夏が甦る

第4章　忘れられない

## 再出発

別れて二年経った時
もう一度彼女を誘ってみたら
ドライブしたいと言ってきた
会ってすぐにはぎこちなく
それも二人に程よくて
この再会に期待した

車を郊外に走らせて
レストランに落ち着いた時
彼女はせきを切り出した
二年分の自分のことばかり
ずっと話し続けてた

前と少しも変わらない
どうでもいいことだったけど
オレはただただうなずいた

夜景を見たくなったんだ
昔のコースだったから
いつもの所に車を止めて
彼女は街を眺めて言った

よく二人でここに来た
あなたと私がいた場所ねって

オレは聞いてみた
今、恋人はいるのかって
彼女は少し微笑んで
いるわけないでしょう
そうつぶやいた

もう一度やり直そうと言ってみた
彼女の声はなかったが
だけど小さくうなずいた

別れてしまったけど
忘れることはできなかった
あなたといたかった

オレを見つめて泣きながら
離さないでと声にした

彼女を強く抱きしめて
もう離さないと
そう言った

第 4 章　忘れられない

二人の鼓動を確かめ合い
まるで子供みたいに
オレ達は安心した
互いに必要だったことを
その温もりで感じてた

夏が目前の蒸し暑い
雨を気にする夜だった
何も話さなくても
愛は消えていなかった
彼女を家に送ったその日
再出発の夜だった

別れて二年経ったけど
彼女はオレを受け入れた
再出発の夜だった

## 戻れるわ、きっと

涙が出そうよ
あの頃を思い出すと
希望に満ちて前進できた
あなたとなら
何も恐れなかった

未来は続くと思ってた
若かったのね、私たち
疲れを知らず進んでた

涙が出そうよ
あの頃を思い出すと
私たち、やり直せる
戻れるわ、きっと

輝いたあの時に
戻りたい
諦めるのは早すぎる

今なら間に合う
そう思う
投げ出せない
二人の過去を

引き返せる、思い出に
戻れるわ、きっと
輝いたあの時に
あなたとだったら
できると思う

戻れるわ、きっと
希望に満ちたあの頃に
輝いていた
私たちに

## 海に落としたペンダント

私の中にずっとある
忘れたことは一度もない
遠い海の中だけど

いつもそばにいるあなた
けっしてまだ終わってない
私の中では続いてる

素敵だった航海は
私を長く苦しめた
素晴らしすぎたあの船は
私の未来をさえぎった

激しく燃えたあの愛は
私を変えてしまったの
忘れたことなど一度もない
あなたなしでは一日も
生きてこれなかったから

## 第4章　忘れられない

神が二人を引き合わせ
たった一瞬の天国は
あっという間に引き裂かれ
私は地上に戻されて
あなたは海に召されていった

私はしばらく半狂乱で
二人の運命を呪ったわ
なんてひどい仕打ちなの
幻さえも愛しくて
忘れられない温もりを
体中にしみ込ませ
それを支えに生きてきた

雨が降って雪が舞い
日照りが続き、水が枯れ
そして雨がまたぬらし
大地に花が咲き乱れ
季節が変わっていく時を
何十回と見送った

あなたがくれた温もりを
固い鎧に変えながら
今までやっと生きてきた

こんなおばあちゃんになってまで
少しくらい誉めて欲しい
あなたにもらったこの愛を
大事にしてきた私のこと

君は本当に偉かったと
そう言って抱きしめて
泣き続けたこの涙で
あなたの胸をぬらしたい

やっと会いに来れたのよ
時間は長く過ぎたけど
どれだけ待ったか分からない
あなたの愛を持ち続け
ここまで生きてこれたこと
それも運命なんだって
悲しいけど受け入れた

あなたに今送ったわ
愛の証のペンダント
受け取ってくれたかしら

第 4 章　忘れられない

時間は長く過ぎたけど
もらった愛を抱きしめて
あなたに今送ったわ

私ももうすぐ行くからね
あなたがいる海の底
今はそれが待ち遠しい

優しく迎えてくれるわね
二人の愛はよみがえり
またきっと燃え上がる

今、あなたに会いに来た
そしてまた始まるの

受け取ってくれたかしら
私の中にずっとある
海に落としたペンダント
愛の証のペンダント

# 第5章　誘い誘われ

## あの人のものだから

いつもしつこく言い寄るけど
決まった人がいるんだから
いいかげん諦めて

あなたは試したりだましたり
私をものにしようとするけど
そんな手にはもうのらない
甘い話には飽き飽きよ

何でそんなに私が必要
他にも女はいるでしょう

正直言うと
あなたを好きになりかけた
そんな時も確かにあった

## 第 5 章　誘い誘われ

でも心の中でささやくの
別の自分が聞いてくる
お前は一体誰のもの
誰を一番愛してる
あの人しかいないでしょうって

そうあの人しか愛せない
あなたも分かっているはずよ
負けよ、あなたの
もう連絡してこないで

あなたについていけないの

いつもしつこく言い寄るけど
もう決まった人がいる
いいかげん諦めて

あの人のものだから
あの人しかいないから

## 愛もへったくれもないんじゃない

ビンゴ、当たり、図星だよ
男と女の関係は
愛もへったくれもないんじゃない
フィーリングだけでOKさ

気分がハイにならないと
愛もへったくれもないからさ
人は愛をこじつける
きれいな話に仕立ててね
どいつもこいつも仮面だよ
それを脱いだら分かること
みんな同じ生き物さ

女は怪しい中にいて
だから男はそそり立つ
いくら理屈を並べても
本能には勝てないよ

# 第5章　誘い誘われ

うじうじ考えているよりは
生きてることを喜べよ
愛もへったくれもないんだよ
フィーリングだけでOKさ

ビンゴ、当たり、図星だよ
あんたの言うこと当たりだね
男と女の関係は
愛もへったくれもないんじゃない
あんたの言うこと
図星だね

## 君を家に帰さない

土曜の夜なんだから
カーラジオも全開だよ
車を高速に乗せるのさ
この恋を抱きしめて
たとえ日付が変わっても
君を家に帰さない
素敵な週末はいつだって
二人のための贈りもの

パーキングに車を休ませて
流れる空を見たいんだ
ぼくらは星になるんだよ
土曜の星座の仲間入りさ
夜の香りに包まれて
甘く見つめ合った時
引っ込み思案の君だって
きっと許してくれるだろう

ぼくはどんな時だって
連れ出さずにはいられない
君を愛しているからね

いつもいっしょにいたいんだ

夜の香りに包まれて
甘く見つめ合った時
引っ込み思案の君だって
きっと満足するだろう

まだだよ、これからさ
二人の夜が明けるまで

土曜の夜なんだから
君を家に帰さない
たとえ日付が変わっても
君を家に帰さない

## 第6章 永遠の愛

■
### 砂の上に書くことを

オレに心を開いてる
お前がすごく愛しくて
砂の上に書くことを
受け取って欲しいんだ

人がいたって構わない
夏の砂の証だよ
汗が光輝いても
風が冷ましてくれるから
お前といっしょに描きたい

地平線の彼方まで
言葉なんて語らずに
ちょっと真面目に見せてるよ

第６章　永遠の愛

ぎりぎりまでオレのこと
砂の上に伝えたい
時が止まるその瞬間
お前といっしょに確かめて
未来を見てみたいんだ

オレに心を開いてる
お前がすごく愛しくて
砂の上に書くことを
受け取って欲しいんだ

砂の上に書くことを
お前と始めてみたいんだ

## プロポーズ

ひまわりの咲く丘だから
プロポーズをして欲しい
二人出会った夏だから
夏に出会った奇跡だから

黄色のワンピース
大きな日傘さしながら
手を取り合って登りたい

ひまわりの咲く丘に
真夏が光る空がいい
まぶしさに抱かれるの
二人出会った夏だから
この季節にこだわりたい

あなたの真顔、期待して
お前を死ぬまで離さない
私にそうつぶやいて
やさしくそっと抱きしめて

その胸で誓うから
甘く輝く絆なの
愛が育ったうれしさを
あなたの胸で祈りたい

ひまわりの咲く丘だから
プロポーズをして欲しい
二人出会った夏だから
プロポーズ、待っている
ひまわりの咲く丘で

## 愛と希望が合言葉

あなたと私の約束だよ
誰にも邪魔されないわ
二人だけのものだから
もう何も迷わない
愛と希望が合言葉

恐れるものは何もない
あなたと前に進めるわ
遮るものも見当たらない
見渡す限りの幸運が
私たちを包んでる

大丈夫、うまくいく
過去のことは置いてきた
今さら役に立たないし
大事なことはこれからよ
二人が作る未来なの
大丈夫、うまくいく

恐れるものは何もない
愛と希望が合言葉
あなたと私の約束だよ
愛と希望が合言葉
約束は
もうすぐよ

## ハネムーン

地球儀なんかぐるぐる回して
今何を考えてるの
もしかしたらハネムーン？
きっとそうなんだ

どこへ行くつもり
あなたは前に言ってたよね
南の島へ行きたいって

でも私は違うの
アテネに行きたい
地中海の島たちと
オリンポスの神々に
会ってみたい

神話の世界に迷い込む
おとぎ話のポリスによ
ゼウスの国は滅びない
いつだって永遠だから

## 第6章　永遠の愛

そしてパリに飛んでみる
花の都、エスプリと、
革命を生んだ美術館
ジャン・ヴァルジャンとジャヴェールの
最後に勝つのはどっちなの

自由、平等、博愛かしら
カフェに腰を下ろしてね
ビールを飲んで眺めてる

二人で時間を旅するの
歴史の中に飛び込んで
素敵ねハネムーン
私たちの始まりよ

地球儀なんかぐるぐる回して
今何を考えてるの
もしかしたらハネムーン？
始まりよ、私たち

## 長い長い道のりを

長い長い道のりを
オレ達歩いてきたんだ
今さら言葉もないだろう
二人だけにしか分からない
苦労話があるからさ
二人だけにしか分からない
お笑い草であふれてる

積み上げてきたこの時間
オレ達にしか分からない
今さら言葉はいらないよ
共に歩いてきたからさ
重い荷物を背負ってね
他の誰にも分からない
その荷物の中身はね

今君に言えるなら
ここまでよくやってきた
オレに付き合ってくれて
ありがとう

## 第 6 章　永遠の愛

長い道のりだったけど
今の君に感謝する
付き合ってくれてありがとう

歩いてきたこの長さは
苦労の量に比例する
今さら言葉もないだろう
二人が選んできたんだよ
そして歩くことができたんだ
君としか歩けなかった
ありがとう

この長い道のりを
長い長い道のりを

## エピローグ

遠い記憶の中だけど
出会った頃の私たち
何でもできると思ってた
そう　若かった

どれだけ時間が過ぎただろう
過去のことは色あせて
二人の輝きも薄らいだ
昔は稲妻のように
世を駆けたのに
今は火花を散らす力もない

気がつけば歳を取ったのね
でもまだ終わってない
肉体の目は衰えても
心の目は覚めている

## 第6章　永遠の愛

そう　熟したのよ
エピローグはあなたと共に
いいえ　エピローグまで
あなたと共に
愛の育くみは
続いているの

**著者プロフィール**

**藤倉 哲夫**（ふじくら てつお）

1963年、大阪府生まれ。
20年間のサラリーマン生活を経て43歳で独立、ワインバーを開業。酒場の人間模様の面白さに触発され、詩を書き始めた。
酒の飲めない変わり種マスター（笑）。

**大人の恋の詩（うた）** ～ Love Songs ～

2015年8月15日　初版第1刷発行

著　者　　藤倉 哲夫
発行者　　瓜谷 綱延
発行所　　株式会社文芸社
　　　　　〒160-0022　東京都新宿区新宿1－10－1
　　　　　　電話　03-5369-3060（編集）
　　　　　　　　　03-5369-2299（販売）

印刷所　　株式会社平河工業社

ⓒTetsuo Fujikura 2015 Printed in Japan
乱丁本・落丁本はお手数ですが小社販売部宛にお送りください。
送料小社負担にてお取り替えいたします。
ISBN978-4-286-16424-3